分享椅

文／香山美子　圖／柿本幸造　譯／邱瓊慧

小兔子做了
一把小椅子。

他在做記號的
地方，釘上了
短短的尾巴。

「完成了！
這把椅子放在
哪裡好呢？」

小兔子想了想，
立刻想到了
一個好主意。

於是，
他又做了
一面立牌。

第一個
來到這裡的是
小驢子。

看到立牌上
寫著「請」，
小驢子說：
「哇！
真是貼心
的椅子呀！」

小驢子撿了
許多橡實，
正要回家，
他沒有坐在
椅子上，
而是把籃子
放在上面。

籃子好重啊，
放下好舒服；
肩膀變輕了，
身體好舒服；
坐在大樹下，
吹風好舒服。

於是，
小驢子
閉上眼睛
睡著了。

這時候，
大熊來了。

看到立牌上
寫著「請」，
大熊說：
「既然上面
寫著『請』，
那我就
不客氣啦！」

一下子，
大熊就把橡實
吃光光了。

「要是只留下
空空的籃子，
對後來的人
很不好意思。」

於是，
大熊在籃子裡
放了裝滿蜂蜜
的瓶子。

小驢子呼呼呼
的睡著午覺，
完全不知道
發生了什麼事。

大熊走了以後，
狐狸來了，
他手上拿著
剛出爐的麵包。

看到立牌上
寫著「請」，
狐狸說：
「既然上面
寫著『請』，
那我就
不客氣啦！」

一下子，
狐狸就把蜂蜜
舔光光了。

「　要是只留下
空空的籃子，
對後來的人
很不好意思。」

於是，
狐狸在籃子裡
放了一條
剛出爐的麵包。

小驢子呼呼呼
的睡著午覺，
完全不知道
發生了什麼事。

狐狸走了以後，
來了十隻松鼠，
他們撿了
很多很多栗子。

看到立牌上
寫著「請」，
松鼠說：
「我們吃了
好多栗子，
但是還沒有
吃到麵包。
既然上面
寫著『請』，
那我們就
不客氣啦！」

一下子，
十隻松鼠
就把麵包
吃光光了。

「要是只留下
空空的籃子，
對後來的人
很不好意思。」

於是，
松鼠就在
籃子裡
放滿了栗子。

「啊……」
小驢子睡醒了。

「啊……
好像睡得
有點久呢！」

小驢子
揉了揉眼睛，
看著籃子說：
「咦？
難道橡實是
栗子的
小寶寶？」

竟然有這種事！
看來午覺
睡得太久，
橡實已經
長大了。

| 作者簡介 | **香山美子**

日本知名兒童文學作家、繪本作家、詩人、日本兒童文學學會評議委員。1928年出生於東京，愛知縣名古屋市金城女子專門學校（現金城學院大學）畢業。香山美子創作了許多繪本、少年小說、童話、童謠和詩作，她的文筆細膩，內容描繪溫馨動人，作品曾獲NHK兒童文學獎勵獎、日本兒童文學學會獎；童謠作品曾獲日本哥倫比亞唱片公司金唱片大獎，入選「日本100首親子歌曲」。

| 繪者簡介 | **柿本幸造**

日本知名插畫家，1915年出生於廣島縣，1998年過世。從10歲半就開始學習繪畫，20歲到東京工作，一邊繼續畫畫。柿本幸造的畫風溫暖可愛，色彩飽和明亮，從1953年開始為書籍繪製插圖之後，便成為日本童書和繪本界非常活躍的插畫家。作品曾獲日本小學館繪畫獎、日本小學館兒童文化獎、日本每日出版文化獎、芬蘭兒童文學協會翻譯兒童圖書優秀獎等多項大獎。

| 譯者簡介 | **邱瓊慧**

日本上智大學教育學博士，專研兒童文學、繪本教學、嬰幼兒課程與教學、蒙特梭利教育。回臺後，教授兒童文學，同時翻譯日本、澳洲等國繪本，也撰寫繪本導讀文章，積極致力於兒童文學、親子共讀的推廣與童書在嬰幼兒課程上的應用。近年來更將觸角延伸到推廣親子互動之相關課程，研究與專長領域涵蓋0到12歲兒童之相關教育，並具備嬰幼兒按摩相關國際證照。

小天下 分享椅
2002年10月創立

作者/香山美子　繪者/柿本幸造　譯者/邱瓊慧　小天下總編輯/李黨　責任編輯/吳雪梨　封面設計暨美術編輯/吳慧妮（特約）

出版者/遠見天下文化出版股份有限公司　創辦人/高希均、王力行　遠見・天下文化・事業群　董事長/高希均　事業群發行人/CEO/王力行
親少兒出版事業體副社長兼總編輯長/許耀雲　版權部協理/張紫蘭　法律顧問/理律法律事務所陳長文律師　著作權顧問/魏貞翔律師
社址/台北市104松江路93巷1號2樓　讀者服務專線/（02）2662-0012　傳真/（02）2662-0007；（02）2662-0009　電子信箱/gkids@cwgv.com.tw
直接郵撥帳號/1326703-6號　遠見天下文化出版股份有限公司

製版廠/瑞豐實業股份有限公司　印刷廠/詠豐彩色印刷股份有限公司　裝訂廠/精益裝訂股份有限公司
登記證/局版台業字第2517號　總經銷/大和書報圖書股份有限公司　電話（02）8990-2588
出版日期/2015年12月3日第一版第1次印行　定價/280元
　　　　2017年5月10日第一版第7次印行

原著書名/どうぞのいす　Dôzo no Isu
Text copyright © 1981 by Yoshiko Kôyama
Illustrations copyright © 1981 by Machi Iwasaki
First published in Japan in 1981 by Child Honsha Co., Ltd., Tokyo
Traditional Chinese translation rights arranged with Child Honsha Co., Ltd. Tokyo through Japan Foreign-Rights Centre / Bardon-Chinese Media Agency
Traditional Chinese translation copyright © 2015 by Global Kids Books, a division of Global Views - Commonwealth Publishing Group
All rights reserved

ISBN：978-986-320-845-7（精裝）　書號：BKB020　小天下網址 http://www.gkids.com.tw　※本書如有缺頁、破損、裝訂錯誤，請寄回本公司調換